공동 시집
시인이 끄는 아름다운 수레

2021 장애인 창작집 발간지원 사업 선정 작품집

시인이 *끄*는 아름다운 수레

1쇄 발행일 | 2021년 12월 31일

지은이 | 김수창 외
펴낸이 | 정화숙
펴낸곳 | 개미

출판등록 | 제313 – 2001 – 61호 1992. 2. 18
주소 | (04175) 서울시 마포구 마포대로 12, B-103호(마포동, 한신빌딩)
전화 | (02)704 – 2546
팩스 | (02)714 – 2365
E-mail | lily12140@hanmail.net

ISBN 979 – 11 – 90168 – 39 – 7 03810

값 10,000원

발행기관 | 장애인인식개선오늘 **(042)826-6042**
주최 | 장애인인식개선오늘(고유번호 305-80-25363. 대표 박재홍)
주관 | 대한민국 장애인 창작집필실
심사 | 발간지원 사업 심사위원회
후원 | 대전광역시, 대전문화재단, 갤러리예향좋은친구들, 문학마당, 한국장애인
　　문화네트워크, 드림장애인인권센터, 대전광역시버스사업운송조합, (주)맥
　　키스컴퍼니, (주)삼진정밀

문의 | (042)826-6042

공동 시집

시인이 끄는 아름다운 수레

김수창 외

개미

　대한민국 장애인창작집 선정 공동 시집은 시에서 출발
하여 동인으로 이르는 도정 중에 사적, 사물의 모양이나
개인의 서정이 자세히 드러난다. 시를 등불로 삼고 스스
로 의지하도록 노력하는 중에 연대를 잇게 되는 깊은 이
해와 사회적 함의가 잘 드러납니다.

　장애를 슬퍼하지 않으며 세상을 부정하지 않고 살며
사랑하는 모든 것들은 소멸하고 언젠가는 헤어지겠지만
시업 중에·동행하여 이룬 이들의 작품은 자연이 가르친
법이었고 스스로 틔운 서정은 게으름 피우지 않고 정진
하여 일구어 놓은 일상이 스승이 될 것이니 외롭지 않을
것입니다.

　전문예술단체 〈장애인인식개선오늘〉의 대한민국 장애
인창작집 선정 작품집 중 공동 시집 발간을 통한 매년의
이러한 노력은 공자가 말한 '시삼백詩三百을 일언이폐지

一言以蔽之 사무사思無邪'라고 하였으니 시대정신 속에 질서와 예의가 갖추어져 있는 민관협치의 모범적 계기의 지속성을 마련하여 주신 대전광역시의회, 대전광역시, 재)대전문화재단의 지원에 깊은 감사를 드립니다.

2021년 12월
전문예술단체 〈장애인인식개선오늘〉
대표 박재홍

공동 시집 _ 시인이 끄는 아름다운 수레

차례

4부
이용구

낙엽 밟는 소리가 좋은 가을의 끝

아차 하면 지나가 버릴 뻔했어 인생도 아차 해서 좋은
시절을 다 보냈듯이 그래서 사람들은 더 아쉬웠던 것 같
애 짧을수록 아름다운 것은 온 산천을 불길이 번지듯이
단풍이 번졌고 그중에 자기 색이 돋보이는 단풍은 찰나
에 고즈넉하게 저물어 가는 하루 같아서 그럴 때마다 지
리산 산허리 어디쯤 내 꿈이 솟아 별이 되고는 하지

우정에 관한 단상

아이들의 학교 가는 풍경에는 묘한 슬픔이 배어 있었다 부모의 유년처럼 무리를 지어 까불면서 가는 전경은 이젠 없다 내 기억 속에 묻힌 추억은 내 아이와는 일치되는 접점이 없다 아이가 돌아보는 그 기억이 안쓰러워 영화 오징어 게임에서 하던 뽑기 재료를 사 주었다

며칠을 소다를 녹이던 아이가 상기된 표정으로 성공한 뽑기를 가져오는데 공유된 추억이 만들어졌음을 직감할 수 있었다

환생

가끔 전생과 이생 몇 겁의 생의 윤회를 생각하게 된다
듣기로는 사람이 4번을 환생할 수 있다는데 지금의 나는
몇 번째 환생일까 또 무엇으로 환생을 완성했을까 이 중
나는 무엇으로 필연에 닻을 내려야 장애인 민애경이 아
닐까

솔직함에 대한 추론

답답했다 왜 그러냐고 묻지만 내 속에 돋아난 이야기들을 할 수 없다는데 그 문제의 근원의 뿌리가 있는 것이다 단단한 외피에 착근된 뿌리는 쓸데없는 사념의 불쏘시개일 수도 있고 두려운 트라우마의 일종으로 비쳐 약점이 될까도 생각했지만 결국은 솔직하기 위해서는 용기가 필요하다는 결론에 이르렀다

지붕을 비끼며 달이 돋으면 그 사이 계단 옆에 달맞이꽃이 피었다

눈길

이맘때 하늘의 색감이나 바람의 살 냄새가 다르다 문득 걸음을 멈추게 하는 것도 나의 순간 정지 기능이 떨어뜨릴 수 있다는 점이다 어쩌면 나무는 자신의 채취로 인하여 계절을 붙드는 것처럼 나의 채취 또한 나의 표정으로 계절에 붙잡히는 것인지도 모른다 그러면서 떠오르는 이수들의 이름 얼굴 냄새가 무척 그립다 아직 나누었던 대화가 잔해처럼 남아 있어서 그렇다고 생각이 들었다 가끔 웃음을 짓게 하던 모습이 얼비춰져 눈물이 날 것처럼 슬퍼진다

부부 사이

　신랑은 세상에 유일무이하게 먹던 음식을 나눠 먹여주어도 흠이 되지 않는 익숙한 사람이다 가끔 자신이 음식물 쓰레기통이냐고 묻지만 서로 꾸미지 않고 내어놓는 든든함이 바위처럼 자리함을 마음에 깊게 들어 앉았다

추억

　누군가를 가슴에 묻는다는 것은 한가지 예를 들어 설
명할 수밖에 없다 달맞이꽃이 달을 그리워 해서 핀다는
낭설처럼 부모가 자식의 사후 가슴에 묻는다는 말처럼
나도 나의 가장 친한 친구를 가슴에 묻고 살아간다 매일
은 아니어도 시도 때도 없는 주기로 그 친구의 체온을 느
끼는데 매년 해가 저물고 있다

대면

날 응시하는 저 눈빛은 도대체 무슨 생각으로 날 저렇게 쳐다보는지 알 수가 없었다 생각을 더듬는 것인지 눈길 속으로 걸어 들어가는 것인지 낙엽 하나가 행성처럼 내 속을 훑고 있었다 그냥 가늠되는 일상의 궁금함이 대면해야 가능했다

길

    빨간불인데 길을 걷는 사람을 보면 가는 게 아니라 서는 것이라고 말해 줄 수 있지만 길이 아닌 길을 걸어가는 사람에게는 말을 해줄 수 없다 그 길 끝을 아무도 알 수 없기 때문이다

인연

잘못된 인연을 다시 잡아보려 손을 뻗었는데 내 손에 잡히는 게 아니었다 누군가 시절 인연이라는 말을 했을 때 난 인간미 없다고 부정했지만 정말로 내게 그런 시절 인연이 맞는 거 같아 속상하다

이별

누군가 내게 그런 말을 했다 하늘이 무너질까봐 무섭지 않느냐고 그냥 웃고 넘겼지만 그것은 아마도 내게 하늘이 무너진다는 것은 이 세상에서 다시는 엄마를 못보는 게 아닐까 라고 되묻기도 무서운 생각이었다

계절은 늘 이별을 준비하고 있지만 나는 아직인가 보다

뷔페

뷔페는 한 그릇에 여러 음식을 먹으니
눈도 위도 혼란스럽게 느껴진다

그렇다고 오만 가지 음식 중에
한 가지 음식만 먹자니
손해보는 것 같고 쉬 싫증이 난다

여러 사람을 자주 만나면
뷔페와 같이 혼란스럽다.
그렇다고 한 사람만 자주 만나자니 두근거림을 잃는다

세 번 만나면 한 번은 쉬어야 한다
아무리 좋은 것도 아무리 나쁜 것도
때와 조화에 맞지 아니하면 맛이 없다

앵두

다치면
금방 터질 것 같아서
난
침묵을 택한다

가끔은
헝겊을 들고
주춤거리기도 하지만
그래도 무언이 좋다

빨간색은 고통이다
고통의 열매
앵두

스마트폰

요즘 세상
길에 가나 차에 가나
고개 숙인 사람뿐

친구를 만나도
마주앉아 고개 숙이고
각자의 스마트폰만 만지작

깨알 같은 글씨
눈은 얼마나 피로할까
쏟아내는 전파
숨은 얼마나 고달플까

좋은 점 편리한 점도 있다지만
아서라 아서라
책으로 돌아오라

수박

껄끄러운 내 입술에
내 아내보다
더 시원하고 더 달콤하게
내게 다가오는
그대의 붉은 입술

입 안에서
오금이 가도록
속타는 내 가슴을
시원하게 풀어 줄
그대는
진정 내 사랑

콩밥

콩 한 줌 구석에 남았기에
바가지 물에 담가두었더니
꼭 다문 입술이
퉁퉁 부었어요
왜 그리 삐졌는지
밥 다 되면 물어봐야지

병원

분주히 돌던
시곗바늘들은 모두가 중태이고
낮과 밤의 경계는 절명했다

갓 색칠을 시작한 추억은
어느새 수술대에 올랐고
영안실엔 숨진 희망들뿐

기미도 없이
찾아든 좀비들에게
심장을 강탈당한 채

이곳은
죽었으면서 살아있고
살았으면서 죽어있다

아아
아침은 오는가

아침은 어디 있는가

절인 깻잎

쉼터 식당 반찬에
절인 깻잎이 나왔다

싱거운 밥상을
늘 짭조름하게 다독이던
그 옛날 깻잎처럼
차곡차곡 개어져 있다

한 개를 집으려다가
두 개를 집었다
입안을 축축이 젖게 하는
고향 추억을
한 입 먹고, 또 한 입 먹고
아쉬운 마지막 깻잎을 집어 드는데

밭고랑에 파묻혀
소금보다 더 독한 땀에 절인
어머니가

축 늘어져 있다

밥의 향기

부뚜막에서 고소한 이밥의 향기가 난다
볍씨 한 알의 향기가 살아서 움직인다
아버지의 땀을 먹고 어머니의 사랑을 담아
밥 그릇에 소담스레 담아진다
김이 모락모락 춤춘다

모들은 논에서 나란히 나란히 못줄 따라 자라고
아버지 발소리에 무럭무럭 커간다
새벽 이슬에 목 축이고
달빛 자장가에 맹꽁이 노래도 더해져
별빛 이야기 속으로 빨려들어 쑥쑥 자란다

벼꽃 피고 알곡이 달린다
논바닥 우렁이도 통통 살 오른 미꾸라지도 보이고
강가에 그이도 오른다
메뚜기도 오고 여치도 벼들을 보러 마실 오지

아버지께서 심고 가꾸고

그래 정성을 더하여 낫으로 수확하고
호롱기로 털어내고 잘 말린 후에
방아로 찧어내어
무쇠솥에 불내 맡으며 지어낸 밥

고소한
이밥의 향기가 나네

라면과 달걀

바깥에서 볼 때 항상 봉긋한 모양새가
안전을 위한 부풀음이라는 걸 알고 있어
그 안전을 찢어발기고 부수고 짓눌러
라면을 폴폴 끓인다

실한 알 하나 골라 톡
쇠젓가락으로 두개골을 뽀개는 찰나
찍하고 침을 뱉는다 공교롭게
끈적한 액체가 바짓가랑이 사이에 착 들러붙고
순간 혐오와 심오의 모호한 중간에 선 난

작은 소멸 앞에서 무언(無言)의 절개를 보았다
양아치적 습성이 다분한 먹고사는 일
치사한 것과 깊은 것의 분비물은
어디로 뱉어야 하는가

하수로, 쓰레기통으로, 밖으로
안으로 삼켜야 하는 걸까

쉼터의 점심

시시티비가 있는 복도를 지나
1층에 있는 카페를 건너
슬리퍼를 신고서 걸어갑니다

식당에 가서 밥그릇과 국그릇 수저 젓가락을 챙깁니다
전자렌지와 밥솥은 같이 씁니다
밥은 항상 준비되어 있으니 언제든지 드세요

여기는 행복과 사랑이 넘치는 쉼터
삶의 패자들과 가지지 못한 자들이 넘치는 곳

우울한 대낮
바깥은 찬란하게 아름다운데
이제는 주황색에 가까워져 버린
빨간 반팔티를 입고 반바지에 다리털 휘날리며
허연 걸음으로 스치고 가며 나누는 어색한 인사

아 오늘 저녁은 뭐일까

1센티의 하늘

하늘이 보고 싶다
좀 더 커다랗게 숨 쉬고 싶다
벽은 이리 두껍고
바닥은 이리 찬데
나의 이상은 왜 이리
뜨겁고도 뜨거운가

갇힌 하늘에
바람이 분다
단 한 번의 목숨인데
단 한 번의 사랑인데
하늘이 왜
그리 높고도 좁단 말인가

미친 것인가
갇힌 것인가
두 눈이 먼 탓인가
무엇이 하늘을 저리도

1센티의 크기만으로
나에게 허락했단 말인가

좁은 시선 속에
초점으로 잡아보는
내 인생의 자화상인가
하늘이 저 넓고도 높은 하늘이
왜? 내게는 1센티의 크기로
내 가슴에 파고드는가

좁다
답답하다
하늘아 하늘아

산을 넘어갈 거야

산을 넘어갈 거야
그대 사는 그곳에

나 두고
혼자 훨훨 가
인제 누구의 품에서
추억을 지우고 있나
내 확인하러 갈 거야

못 살기만 해 봐라
팔이라도 붙들고 올 테니

산을 넘어갈 거야
사랑하는 그대
인젠 가지 못할 그곳에

되고

사랑이야
또 하면 되고
그리움이야
잊으면 되고
보고픔이야
몰래 사진 몇 번 보면 되고
추억이야
버리면 되고
정이야

근데 정은 어떡한다지

벚꽃

어른이 되어
겨울이 끝날 즈음부터
뻥튀기 기계 앞에서 쪼그리고 앉아 기다리던
어릴 적 모습을 떠올리는 건 왜일까

그건 아마
빈 자루에 흰 강냉이를 가득 채우는
펑하던 그때의 바람처럼
터질 듯 터질 듯 애간장을 태우며 부풀어 오르다
어느 날 갑자기
꽃사태를 내리는 4월이 오기 때문일 게다

어렸을 때, 어머니와 시장으로 갈 때
버스 안에서 보는 벚꽃이 좋았다
좀 더 자세히 보기 위해 차창을 열고 보니
그 하얀빛이 선명하여 더욱 좋았다
내 망막을 열어젖히고 보는 벚꽃은 더 얼마나 좋을까

3월이 가고 4월이 온다
왔으면 한달 정도는 머무를 만도 한데
그 빛깔만큼이나 차가운
짧은 서슬 퍼런 흔적을 남긴 채
마법처럼 그렇게 사라져 가고 마는 것인가

공포증

온몸이 파르르 떨리고
머리는 지끈지끈거리고
인중은 간질간질거리고
심장은 쿵쿵쿵 절구질을 해대고
단전은 까르르 한거이 한기까지 느껴지고
다리는 후들후들 떨리고
눈에는 눈물이 고이고
속은 미식미식거리는
이거이 바로 공포증
참말이지 싫다 싫어
고놈의 공포증
참말로 싫다 싫어

나의 생(生)은

한 걸음 한 걸음 디뎌온
세월의 그림자가
어느새
길게 늘어졌구나

바람 같은 세월의 하늘에서
둥둥 한 점 구름으로
흘러온 날들이
이제는 꽤 쌓인 거야

까맣게 출렁이던 머리카락에
어느덧
파뿌리가 하나 둘
둥지를 틀고 있어

세월의 파도를
쉴새없이 넘어
나의 생(生)도 이제

무척이나 깊어진 거야

가만히 뒤돌아보면
나는 가난뱅이가 아니었구나
세월 따라 겹겹이 쌓이는
보석 같은 추억들이 있으니

말없는 은총으로
지금껏 나의 생을 보듬어 주신 그분께 감사하며
나 오늘도 내일도
기쁘게 살리라

사랑의 총알

나의 가슴 한복판을
관통당하고도
행복한 총알이 있습니다

사랑이라는 이름의
소리도 없고
모양도 없지만
느낌만은 선명한 총알

님이 쏘신 한 방의 총알
사랑의 총알에
이 가슴 관통당하여

그리움의 피를 철철 흘리면서도
나는 지금 더없이 행복합니다

바람

지금까지 살아온 날들
가만히 뒤돌아보니

허공에 휘익
한줄기 바람이 스쳤을 뿐인데

어느새 반백 년 세월이
꿈결인 양 흘러

나의 새까맣던 머리에
눈꽃 송이송이 내리고 있네

바람에 꽃잎 지듯
생명은 이렇게도 짧은 것을

덧없는 세월이기에
어쩌면 보석보다 소중한 목숨

이제는 마음이야 텅 비워
바람 되어 흐르리라

악마의 발을 주무를 때

세 마리 악마에게 씌이면
살을 찢는 듯한 고통에서
한순간도 벗어날 수 없다

파괴를 부르는 눈빛, 분노
욕심을 불어넣는 입김, 오만
질투를 유혹하는 손짓, 간사

이들이 서로 손잡거나 싸우면
악몽은 식은땀을 타고 내리지만
노예는 몸이 묶이고
벽은 피로 물들어
비린내는 코끝에서 춤춘다

얼마나 소름끼치는 일인지
자만이 악마의 발을 주무를 때
온몸이 얼어붙는 악마의 속삭임
"내가 널 얼마나 좋아하는 지 알지?"

먹음직스럽게 사는 법

열받을 땐 꽁꽁 팥빙수
뿌듯할 땐 뽀도독 푸른사과
흐늘거릴 땐 바삭바삭 치킨
자랑하고 싶을 땐 낼름낼름 솜사탕
용기가 필요할 땐 매콤달콤 떡볶이
따스함이 필요할 땐 따끈따끈 호빵
그리움에 사무칠 땐 모락모락 오뎅
날려버리고 싶을 땐 불어불어 풍선껌
착 달라붙고 싶을 땐 끈적끈적 카라멜
돌아버리고 싶을 땐 뱅글뱅글 막대사탕

4부

이용구

/

꽃길로 가면

꽃길로 가면
꽃길로 가면
그 외길에
그냥 서 있었다

그 길에서 사랑하는 사람을 만난다면
아득한 날의 이야기를 해야겠다

어두웠던 길을
꽃길로 걸으면
행복한 시간이 따라온다

그 꽃길에
그 꽃길에
만나는 사람은 행복하겠다

복사꽃

입술 같은 연분홍 꽃잎
조심하랬건만
살랑살랑
봄바람 불자
한순간에 화르르 무너져 내린
열여덟 가시나야
바닥까지 떨어져 보고도
그것이
그리도 그리워
붕어알만 주렁주렁
달고 있느냐

수국의 몸부림

비록, 허화의 몸부림일지라도
아름다운 꽃으로 존재하는 건,
온전히 사랑받기 위한 향연이며
자연미이기에 다정다감한 꽃

요즘같이 조각 미인이 보편화된 사회에서
순수만을 고집하는 것은
별을 보며 거리를 가늠한 것 같은 비현실

만족스럽지 못한 현실 속에서도
마음을 가꾸는 여유와 자기 만족을 넘어
보는 이 없으면 꾸미지도 않았을 것

허화가 허세라 할지라도
허풍이 없는 허세도 없으니
가식이 조금 있어도
꽃은 꽃이로다

농악대의 고깔 위에 흥겹게 피어오른
조화도 꽃일지니,
에헤라 데헤라 동동
보름달 같은 꽃이 피었구나

가시꽃 그녀의 행로

그녀가 홀로 그 섬에 갔을 때
꽃은 한 송이 가졌지

가녀린 그녀의 손에
바다가 울고 있는 모습

그녀는 결국 파도 소리처럼
울음 터트리고

파도는 몸부림치는 듯한
울부짖는 소리

다리 끝에서
울고 서 있는
가로등 하나

세상엔 그녀 말고는
아무도 없었다

〈

그때
그 자유스럽던 날 밤
조용히 흐르는 눈물

가시꽃 하나. 그녀 얼굴
그녀는 마음껏 소리치고 울었고

두 손 올려 눈물 닦으며
미소 짓는 얼굴

섬진강 매화

지리산
안개 머금고
꽃봉오리
망울망울

백운산
흰 구름 바라보며
매화 꽃잎
빵긋빵긋

섬진강 물
맑은 웃음

청수 백화
손목 잡고
사랑 물결
흘러가네

내 마음도
얹혀서
흘러만 가네

칭찬은 봄이다

칭찬하면 겨울에서 금방 봄이 된다
꽁꽁 얼었던 마음이 녹고
앙상한 가지에서 꽃이 핀다
애벌레들이 날개를 달고 꽃을 찾으며
모든 아픈 상처를 치료하는 약이다

용기가 솟아 난관을 물리치고
의기가 양양하며
어깨와 입꼬리가 올라가고
밥을 먹지 않아도 배가 부른다
인사도 먼저 하면 칭찬이다

민들레 홀씨들의 대이동

남들은 추워서 옴짝달싹 못하는데
민들레는 날개를 땅에 바싹 붙이고
꽃 모가지를 기린처럼 길게
쭈욱 뽑아 올리고 둘레를 살핀다

노란 꽃봉오리를 햇빛과 함께 피고
저녁노을과 함께 오므리기를 반복한다
마치 아기 새들이 날갯짓을 하는 것처럼
새로운 세상을 향하여 날아갈 준비를 한다

양떼가 새로운 초원으로 먼 거리를 이동하듯이
홀씨들은 하얀 낙하산을 짊어지고 집결한다
출애굽하여 시나이 반도를 유랑하는 유대인이 되어
한번 정착하면 돌멩이도 뚫는다는 굳은 각오로 탈출한
다

꽃 위에 올라탄 아이

엄마랑 아이랑 같이 가면
나는 아이가 된다

기차를 타고 숲속을 지나
드넓은 동산에서 뛰어놀고

과자랑 아이스크림도 먹으며
졸릴 땐 양팔을 활짝 펼쳐

엄마 등에 업혀 잠든다
늘 피어 있는 꽃을 향해

아기는 가리키며 말한다, "꽃"

꽃 감기

봄날
꽃샘추위에 꽃바람 불어
꽃들이 콜록콜록
기침을 한다
봄옷이 얇아
아마 꽃 감기에 걸렸나 보다

아름답게 지는 꽃

피어 있는 꽃을 좋아하고
지는 꽃을 뒤돌아보지 않았던
그런 때가 있었습니다

언제부터인지 핀 꽃 못지않게
진 꽃이 아름답다는 것을
느끼기 시작했습니다

꽃은 잠시 왔다가
열매에게 자기 자리를 내주고
홀연히 아름다움까지도 버립니다

피어 있는 꽃의 아름다움보다
지는 꽃의 아름다움이
가슴을 아리게 함을 알았습니다

5부

이용호

/

백 원의 추억 / 용서해다오
/ 너와의 밤 / 나의 새, 새
의 나 / 막걸리 한 잔 / 누
룽지 / 백설기 / 비빔밥 / 장
미 칼국수집 깍두기 / 갈증

백 원의 추억

또렷이 가치가
새겨진 것에도

나이가 있고
귀한 것이 있다

2018년에는 무얼 했을까
1999년에는 무슨 일이 있었나

생각은 섞이어
뛰는 가슴
호주머니에서 짤랑인다

끄집어내고 싶은
한두 놈은 항상 있어

미운 놈부터 자판기 뱃속
깊이 밀어넣는다

〈
보이지 않는 돈무덤으로 철커덕
돌아오지 못할 지옥문으로 철커덕

용서해다오

용서해다오
촘촘하게 짜여진 철망 같은
나의 이기심을 용서해다오

다른 가슴 한 켠에 품고
너의 가슴 제대로 못 품을 것을
붙잡아두고 놔두질 않았으니

변명 같은 한마디인들
나 또한 찢어지는 가슴
뿐이었음을 알아다오

무슨 말을 한들
내 마음이 그만큼일 뿐이었으니
잔인한 나를 잊어다오

이제 마음을 정리하고
그 자리에서 일어설 때가 되었으니

〈

바람이 머물렀다 생각해다오
용서할 수 없음에 힘들어 말고
끝까지 철망에 뒤엉켜 피흘리는 나를
불쌍히 여겨다오

너와의 밤

깜깜한 밤이었어
존재하는 것이 존재하는 것을 버리고
세상이 세상을 잊어버린 그런 어두운 밤이었어
긴 기다림의 몸짓을
초라한 떨림으로 방황할 필요도 없었고
뜨거운 눈맞춤을 스치는 시선인 양 할 필요도 없었어
지친 달빛만이 눈빛을 엿보던 밤

그냥 깜깜한 밤이 아니었어
버릴 것도 잊어버릴 것도 없는 텅빈 세상이었어
빛도 없고 관념도 생기기 전인 것처럼
사랑이란 언어도 틀도 속박이었던 밤이었어
세상으로부터 잊혀진 편안한 밤
내가 너인 세상 네가 나인 세상만이 존재하는
세상에 단 하나뿐인 밤이었어

나의 새, 새의 나

파드득 파드득
버둥거리는 새야
이 세상을 원망하지 말아라

피를 많이 흘린 탓이니
아니면 살기를 포기한 것이니

콩알만한 심장 박동 소리를 내며
마치 암흑의 공간에서
무언가를 찾고 있는 듯

눈만을 깜빡거리는 새야
날 바라보지 말아라
네가 허공을 바라보고 있다는 것을 알고 있으니까

넌 날 볼 수가 없고
난 널 구할 수가 없지

내 처지가 네 처지인 것을

하지만 기억해줘
나는 너의 영원한 벗이라는 것을

막걸리 한 잔

눈앞이 흔들리네
하얗게 출렁이며

고들빼기 한 젓가락
텁텁한 입에 넣어보고
이리저리 세상에 부딪쳐
찌그러진 나의 하루를
하얗게 부어 마신다

그래도 씁쓸한 벌컥 소리에
문밖까지 따라온 달빛
종일 휘둘린 내 발자국,
하얗게 닦아내고 있구나

삶이란 어쩌면
취해서 그렇게 흔들리는 것,
싫어도 세상이란 술잔에
하얗게 부어지는 것

누룽지

투박한 양은솥에
이 몸 으스러지도록
펄펄 끓어도 좋다

백설 같이
눈부신 밥 아래
칠흑 어둠 속에 머물러도 좋다

언제나 나의 순서는
맨 꼴찌일 뿐이지만

얇디얇은 이 가난한 몸뚱이
부글부글 끓어
이윽고 용솟음쳐 올라

그대의 탁한 목구멍 뻥 뚫어주거나
불편한 속 달랠 수만 있다면

그대의 입맛 돋구어
살맛마저 치솟을 수 있다면

이 한 몸
남김없이 스러져도 좋다

백설기

뜨거웠을 때의 쫀득함이 그리웠다고
전자레인지로 되돌릴 생각하지마
난 이미 식어버렸어
탱탱했던
나의 살결은
가뭄에 갈라진 땅처럼,
너의 그 요염한 혀놀림에도
욕설로 공명을 이루었던 너의 목구멍을
쉬이 넘어가지 않는
뻣뻣함을 간직하겠어

비빔밥

사랑만 가슴이 설레는 줄 알았지

아냐
아픈 순간도
가슴에 거미줄이 흔들리듯 떨어

그 이상한 설레임과
이빨을 물고 있는 고통과
표독한 외로움이
마구 비벼져서
입속으로 꾸역꾸역 들어가지

그리고
오목가슴에서 탁 받힐 때
다 내뱉고 싶지

부질없는 이 세상 모든 것을
내뱉고 싶은 그 순간

〈
나는 고요해지는 게 뭔지 알것 같애

장미 칼국수집 깍두기

푸른 하늘 빛을 안고 찾아온 너를
비명 소리
절규하는 소리
눈물 흘려도
먹고살기 위해 너를 자른다
머리 잘려 목숨 다한 분신에게 미안해
육신에서 영혼까지 목욕시키고
하관 준비를 마친다

어느 누구든
청운의 꿈을 품고
바르게 살아 보려고 하지 않았겠냐만
벌레 먹은 것
돌부리에 걸려 허리 다친 것
양다리 걸친 것
반듯한 것이 별로 없는 인생을
조각내어 본다

오늘도 굴곡진 세상에 너를 올리며
한입 베어 마신다

갈증

이른 아침부터
살기 위해 먹는 사람들의
아우성들로 목이 타
물을 벌컥벌컥 들이켰다
아무것도 들리지 않는 이 밤
그래서 더 보고 싶다
나는 먹기 위해 산다
네 사랑도, 내 삶도

이윤복

/

노숙자

1300원 소주 한 병을
낡은 외투 주머니에 쑤셔 넣고
늘어지는 무게로 휘청거린다

속살 요란한 아픔
숨기어갈 요령 하나 모르는 채
헝클어진 머리에 하루를 달았구나

거친 시멘트를 베게 삼아
한 모금
울부짖는 가슴

완벽한 체념으로 비워 버리고
묻힐 곳도 없는 무덤 위에
오늘을 장사 지낸다

음습한 영혼
섬뜩이는 한으로 내일을 노려보다

허무한 정적
빈 병으로 스며들어
찬 바닥 위를 구른다

담배 한 갑

담배 한 갑
오늘
나의 하루다

시간이다
때론 공간이다
담배 한 개피

더하지도
덜 하지도 말고
하루에 한 갑이면 좋겠다
담배 한 갑

벙어리

난 벙어리다
아니 그래야만 한다

얼룩진 언어론
표현할 수 없는
절제의 작은 반성

언제부터인가
극은 시작되었지
아무도 찾지 않는
텅 빈 무대

그렇게 홀로 버려져
태울 수 있는 모든 걸 태운다

영겁의 시간 속
견딜 수 있을 만큼의
눈물만을 채우고

어제를 지우지

오늘도 어김없이
막이 오르면
무대 위 광대와
돌아선 그대의 그림자

말문이 트일
그날이 오면

극은 마치겠지
메아리로 돌아올
"사랑한다"는 말과 함께

그냥 이대로 사랑하련다

새로운 것은 없었다
그냥 그대로 너와 내가 있었을 뿐

달라진 것은 없었다
단지 조금 더 그리워하고 있었을 뿐

더할 것도 덜할 것도 없이
그냥 이대로 나 사랑하련다

아쉬운 마음만 많았다
거기엔 더 이상 네가 없었다

세월이 많이 흘렀음에도
그저 그렇게 그리워하고 있을 뿐

더 하려해도 더할 수 없는 마음
그냥 이렇게 더 사랑할 수밖에

삶 그리고 착각

오늘은 무엇에 감사해야 하나
내일은 무엇에 감사해야 하나
존재하는 모든 것에 내 착각을 심어 놓는다
목마른 열정에 숨어 사는
그 늪이 두렵다

내 존재를 집착으로 엮어 가는
노년에 대한 두려움이
사슬 무게로
저벅저벅 중압의 시선을 태운다

내가 무엇을 남길지 항상 두렵다

뼈다귀탕

삶을 벗어버린 등뼈가
강에 누웠다
꿈틀거리는 뼈다귀
뼈는 살을 붙들고
살은 뼈를 쉽게 떠나려 않는다
마지막 질긴 끈
뼈골 깊숙이 박힌
그 마저 끊어서
용골만 남은 목선으로
강 따라 흘러 가거라
은하보다 더 아득히
머언
고향별을 찾아서

날지 못하는 새

가만히 웅크려 있는 새
날지 못하는 이유는
사랑을 잃어버린 까닭일까
초점 없는 시선엔 슬픔이 담겨 있다

하늘 높이 날고 싶은 욕망
바람 속을 비상하고픈 마음
가슴은 뜨겁게 달아오르지만
날개가 없어 날지를 못한다

두 팔 벌려 퍼덕이는 애처로움
가슴엔 허허로움만 인다
고독한 인간의 모습 물빛 속에 일렁일 때
헐벗은 몸짓 가만히 웅크리고 앉아 하늘을 본다

내 몸이 새라면 저 하늘 높이 날아갈 텐데
다른 세상이 우리를 기다리고 있을 테니까
저 섬은 알고 있겠지 저 하늘은 알고 있겠지

바람이 불어도 날지 못하는 새의 비애를

화분에 물을 주며

무정한 나 때문에
밑동이 거뭇해진 위로
새순 돋는 네가 대견해서

겨우내 외면한 게
죄스러워
수돗가에 내려놓고

그동안
못 주었던 물을 하루 종일
얼마나 들이부었는지

너처럼
창가에 말없이
질긴 생을 붙들고 앉아

물만으로도 갈증이
채워진다면

원 없이 적시고 적실 것인데

자판기 사랑

우리는
필요에 의해서
의무적으로 부담 없이
그렇게 만났다

너무나 절실했던 갈증
간단히 해결할 본능
망설이는 것은
바보 짓이었지

간단한 절차
눈물 같은 것은
아픔 같은 것은
절대 사절이야

착각하지 마라
이것이 현실이야
욕하지 마라

우린 서로 좋았던 거야

뒤돌아갈 때
미련 남기지 마라
구겨진 청춘이라도
또 다른 갈증이 존재하니까

담배

비쩍 마른
너의 몸뚱이에
불을 지피면

너는 고분고분
제물이 된다

기쁠 때나 슬플 때에도
너는 변함없이
나와 함께 했지

제 한몸
아낌없이 불살라

재가 되어
연기가 되어

세상살이 온갖

괴로움과 시름

가뿐히
허공으로 날려 보내는

오
거룩한 한 생이여

아가

엄마의 생살을 찢고 나오는
아가는 얼마나 힘겨운가
엄마 품에 폭 안긴
아가는 얼마나 평온한가

몇 해 동안
보고 또 보았어도
지금도 늘 맨 처음처럼
가슴 떨리고 신기한 것

세상에서 가장
순수한 것
세상에서 가장
여린 것

그 작은 것 앞에서
나의 존재는 한없이 낮아진다
나이가 들면서

뭔가 정말 소중한 것들이
하나 둘 내 삶에서
빠져나가는 느낌이다가도

아가를 바라보며 문득
신성한 세계에 접한다
아가는 은총의 문이다

들꽃 같은 미소

꽃은 금방 시들지만
내 마음속에 핀
당신의 꽃은 천 년이 지나도
시들지 않습니다

멀리 있어도 언제나
내게 그리움의 향기로
전해오는 당신은
봄 햇살처럼 포근하기에
오늘도 그대에게
튼튼한 내 사랑을 전송합니다

햇살 따스한 날
그대가 곁에 있어서
참 행복하기에
들꽃보다 더 환한
미소를
당신에게 보냅니다

빈 화분

겨우 내 베란다에
버려두었던 빈 화분에서
이름 모를 파란 싹이
돋아 납니다

그곳에 무엇이 있었는지
알 수가 없는데도
봄이 온걸 알려 줍니다

그간 물 주는 것도 잊었는데
꽃이 되기 위해
빈 화분에서
애쓰는 모습을 바라보니
마음이 아픕니다

사랑도 그런 게 아닐까

생각지도 않았는데

어느 날 빈 가슴속에
나도 모르게
다가오는 것이 아닐까

목련

수줍은 목련이
살포시 고개를 내밀면
개나리도 아는 체 인사를 하고
진달래가 물들인
뒷동산은 온통 불나방이다

수줍은 노란 민들레
아가 손처럼 여린 제비꽃
벚꽃은 사람들 틈에 끼여서
제멋에 노닐다가
바람이 불면 꽃비를 내린다

어제보다도 오늘은 더
날씨가 포근해져
나들이하기 좋은 계절이다
거리는 사람들이 가득 차고
꽃들도 화사하게 웃는다

해마다 들려오는 봄노래
봄바람 휘날리며 흩날리는 벚꽃잎이

우리들의 봄은
이미 와 있으니
아직 꽃이 피어나지 않은들 무슨 상관인가
봄이 되면 그냥 마음이 부풀어 오른다

저 산수유 닮아라

저 산수유 좀 보소,
한겨울 추위에 춥지도 않나,
알몸으로 빨갛게 야무진 눈으로, 의지로
자기 자리 지키는

눈이 오면 더 새빨간
보란 듯이 떳떳한 굳센 자태가
무엇을 보여주는가

아버지 자리도, 어머니 자리도
학생은 학생답게
정치인은 정치인답게
농사꾼처럼 닮아라

모든 소임의 자리는
노오란 꽃이 필 때까지
한겨울을 지켜라

서리연

화려했던 지난날의 흔적
한바탕 질펀한 잔칫집
어지러운 뒷자리
남겨져 버려진 것들
휘어지고 구부러져서
올곧은 마디 하나
남지 않았어도

마지막 끈조차 놓지 않고
움켜쥐고 당겨줄
누군가 있어
다시 솟아오를
그날을 기다리는
무수한 잔재를 품은
겨울 연못

꽃

꽃이 핀다
꽃이 흔들린다
그러다 꽃이 진다

꽃 속에 구름이 있다
꽃 속에 해가 있다
꽃 속에 달이 잔다

꽃을 바라보며 잠들고 싶다
꽃의 마음으로 기다리고 싶다
꽃이 져도 웃고 싶다

꽃 같은 향기를 품는다
꽃 같은 아름다움을 간직한다
꽃 같은 인내로 한겨울을 보낸다

꽃은 내 어릴 적 장독대다
꽃은 내가 먹던 떡이다

꽃은 우리집 울타리다

지금도 꽃이 핀다
지금도 꽃이 흔들린다
지금도 꽃이 진다

내 안에 그대

아름드리 꽃이 피어 있는 곳을 발견했어요

얼마나 아름다운지
보여주고 싶어
그대 생각이 먼저
따라옵니다

잔잔한 눈빛은
바다 같은 넓은 마음이 보이는
그대

까만 밤하늘 보며 별을 헤는
외로움도 없고
보고 싶어 두 볼에 눈물꽃
떨구지 않아도 되는 곳

꽃과 나비가 춤추고
꽃향기 가득한

이 꽃밭에
오래도록 머물게 하고 싶습니다

그대는
내 마음에 핀 한 송이 꽃이기에

꽃의 신비

봄은 꽃으로부터 온다
새색시 시집가듯이
계절은 꽃을 앞세워 봄을 보낸다
복수초가 선발대, 국화가 후발대로 온다

꽃은 자기를 잘 드러내는
최선의 작품이다
꽃은 아름다운 거래를 위하여
모양과 색깔과 향기로 치장한다

꽃은 상대가 좋아하게끔 안내한다
때에 맞춰 향기를 멀리 보내고
좋아하는 색깔로 안내 표시를 하며
수정하면 이내 진다

꽃의 나이가 1억 4천만 살이니
인간의 나이 3만 살보다 훨씬 많다
초신성으로부터 지구별로 여행온

오랜 친구다

봄바람의 잔혹성에 대해

봄바람은 개나리만 몰고 와서
평화롭게 지나가는 줄만 알았지
구석구석 후비집고 들어와서
얼어붙은 내 맘 산산이 녹일 줄은 몰랐지

정신 차려 보니 굳었던 내 맘
완전히 열어젖히고
자존심을 산산이 조각내
지나간 봄바람 간절히 바라고 있었지

이윽고 봄바람의 폭력성에 울다 웃다
그 잔혹함에 허탄하여 눈물 짓다
경칩하듯 튀어오르는 사랑에
환한 미소 지으며 잠드는 날이 제법 이어졌지